图书在版编目(CIP)数据

一园青菜成了精／编自北方童谣；周翔绘．
一济南：明天出版社，2008.7（2013.12重印）
（信谊原创图画书系列）
ISBN 978-7-5332-5754-5

Ⅰ.一… Ⅱ.周… Ⅲ.图画故事－中国－当代　Ⅳ.I287.8

中国版本图书馆CIP数据核字(2008)第089771号
山东省著作权合同登记号　图字:15-2008-059号

The Day Vegetables Became Goblins
Illustrations copyright © 2007 by Zhou Xiang
Text adapted from a northern nursery rhyme
Simplified Chinese edition published by arrangement with Hsinex International Corporation

本简体字版 © 2007由(台北)上谊文化实业股份有限公司授权出版发行

一园青菜成了精

编自北方童谣　图／周　翔
总策划／张杏如　责任编辑／刘　蕾　美术编辑／于　洁
特约编辑／张小莹　张　月　制作／南京信谊
出版人／胡　鹏　出版发行／明天出版社
地址／山东省济南市胜利大街39号
网址／www.tomorrowpub.com　www.sdpress.com.cn
特约经销商／上海上谊贸易有限公司　地址／上海市静安区南京西路 1788 号 1903 室
电话／86-21-62813681　网址／www.xinyituhuashu.com
经销／各地新华书店　印刷／深圳中华商务联合印刷有限公司
规格／285×210毫米　开本／16开　印张／2.5
版次／2008年7月第1版　印次／2013年12月第12次印刷
ISBN 978-7-5332-5754-5　定价／32.80元

一园青菜成了精

编自北方童谣

图／周　翔

明天出版社

出了城门往正东，
一园青菜绿葱葱。

最近几天没人问，
他们个个成了精。

绿头萝卜称大王，
红头萝卜当娘娘。

隔壁莲藕急了眼，
一封战书打进园。

豆芽菜跪倒来报信，
胡萝卜挂帅去出征。

两边兄弟来叫阵，
大呼小叫争输赢。

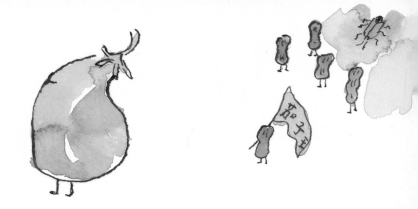

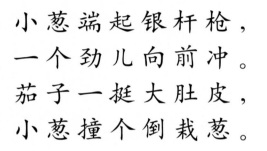

小葱端起银杆枪，
一个劲儿向前冲。
茄子一挺大肚皮，
小葱撞个倒栽葱。

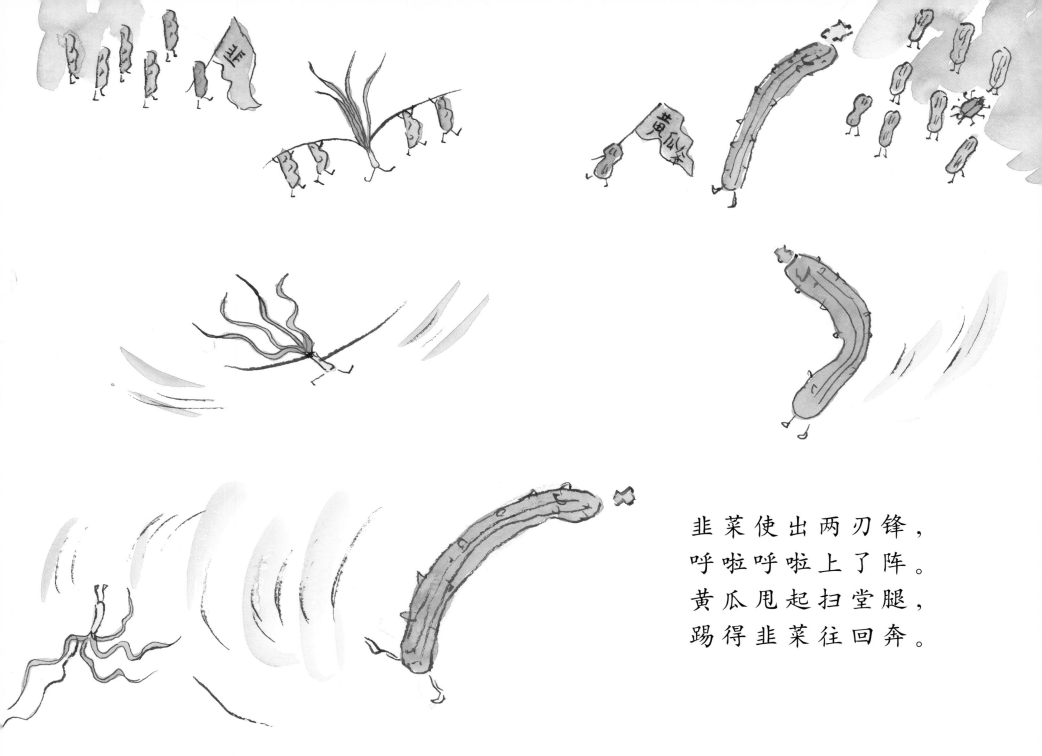

韭菜使出两刃锋，
呼啦呼啦上了阵。
黄瓜甩起扫堂腿，
踢得韭菜往回奔。

莲藕斗得劲头儿足，
胡萝卜急得搬救兵。

歪嘴葫芦放大炮，
轰隆隆隆三声响。

打得大蒜裂了瓣，

打得黄瓜上下青。

打得辣椒满身红，
打得茄子一身紫。

打得豆腐尿黄水，
打得凉粉战兢兢。

藕王一看抵不过，
一头钻进烂泥坑。

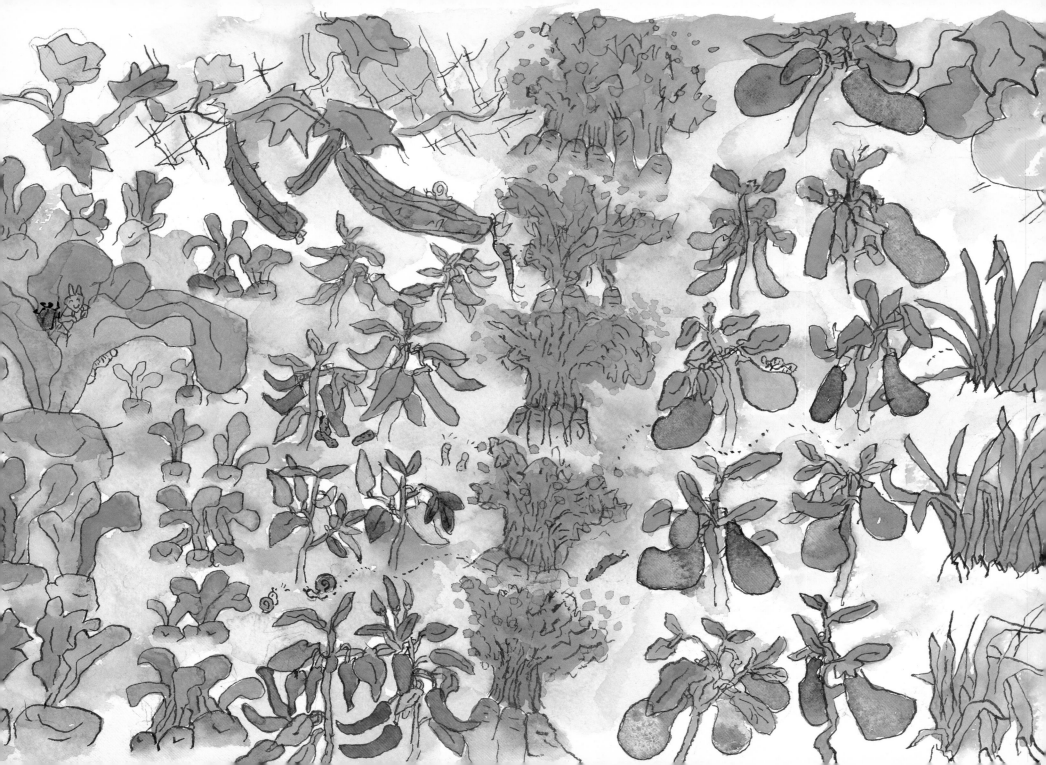

出了城门往正东，
一园青菜绿葱葱。

名|家|赏|析

菜园里的热闹

儿童文学作家 寒 枫

　　童年时，我有个伙伴，他非常喜欢讲故事，那时，小孩子们把故事叫做"故精"，讲的都是一些稀奇古怪的事儿。扑朔迷离的情节、奇异多变的人物、五花八门的结局……一到讲"故精"的时候，小伙伴就会围成一圈儿，听得特别有滋味儿。

　　和"故精"一样有趣儿的是童谣，具有丰富故事性的童谣与"故精"有着异曲同工之妙，紧紧抓着孩子们的心。多少年过去了，有些故事已经模糊了情节，但童谣却依然生动鲜明地印在脑子里，只要有人念上一句，我的记忆马上就回来了，一句句紧跟着蹦出来——它们仍旧守候在我这儿，并没有随着我的童年走远。

　　童谣能够更为长久地流传，具有蓬勃的生机，是因为它们蕴含着无可取代的特质。童谣内容浅显易懂，风格诙谐幽默，让人忍俊不禁；大胆的夸张、恰当的比喻、巧妙的拟人，让人无不拍手叫好。童谣的语言更为朗朗上口，富有韵律和节奏，仿佛是歌儿一样，有着更为持久的音乐感，通过口耳相传，一代又一代的孩子在其中得到快乐。

　　再后来，随着对童谣的进一步研究，我对它的妙趣有了更深的体会——每一首童谣都充满着民间情绪的质朴和张扬，它们往往是在生活中最为平淡的地方生长，却让你嚼出意外的滋味来。这是人们从平凡艰辛生活中咂出的快活和乐子，是毫不掩饰的民间文化的体现。

　　《一园青菜成了精》就是一首最为生动而充满想象力的童谣作品。想想看，青菜只是在菜园里默默地生存，无言无声，全无特别之处，但这首童谣却写出了一个个鲜明的形象，富有浓浓的趣味。你瞧，绿头萝卜是威风凛凛的大王，红头萝卜是婀娜多姿的娘娘，弯着腰的豆芽跪倒把信报，胡萝卜摇身变成了带兵的将领。

夜晚静悄悄的菜园子马上成了热热闹闹的战场，锣鼓敲起来，好戏就上了台。

《一园青菜成了精》巧妙地蕴藏了青菜们的特性，这是一种充满智慧的幽默。小葱青秆绿叶儿长得直，正像一根银杆枪；韭菜的叶片狭长而扁平，如同两刃锋。大蒜成熟后的裂瓣，辣椒的浑身红通通，茄子的紫涨圆滚，都成了战斗的结果，让人读出意料之外却又不得不信服的荒诞。写到莲藕时，不是说它天性生长于湿泥里，而是成了逃跑不及的败军之将，糊里糊涂，慌不择路地钻进了烂泥坑——孩子们怎能不笑出声儿来呢。

好的童谣需要好的画面来表现，增一分则太闹，减些许就平淡无奇。画童谣类的作品，一定要走进和它同步的韵味儿中，丢掉华丽虚假的习气，踏踏实实浸润到泥土里，才能相得益彰。我翻开书页，看到青菜萝卜们的神气活现和眉飞色舞，已然开始窃喜了。画家遵循着青菜们的独特个性，又赋予其饱满的情绪和孩童的顽皮，夸张却不鬼怪离奇，让这一群顽童煞有介事地摆开阵势，斗得畅快淋漓。

仔细阅读的人是能够享受多种乐趣的，不但谐趣的画面可以养眼，还有更多的细节来给人逗乐儿。你看，同是那一片绿葱葱的菜园子，天亮后，你可发现了菜精们疏漏的小小破绽？抑或，你信不信还有更神奇的剧目在等待着你？快看封底上"扑哧扑哧"跃出的憨鸭、鱼儿和青蛙——又一场好戏即将开演啦！

我看图画书《一园青菜成了精》，心中自然就有一种感动，因为画面已然把那种轻松和愉悦跃然于纸上，让我看到一群孩子的游戏，读出儿时的欢娱。

演戏的是孩子，看戏的也是孩子，从而，千千万万个孩子都会喜欢《一园青菜成了精》。

嬉戏的意味 周 翔

　　因为喜欢这首童谣，被其诙谐幽默的语言所吸引，便激起要将它画出来的愿望。但进入创作的时候，发现把一首童谣翻译成图画书语言，很难。这首童谣不过36句，却包容了许多翻腾跳动的情节与韵律，如何转换为画面语言，何处用力，这些问题困扰着我。

　　反复阅读《一园青菜成了精》，慢慢读出了童谣里的味道来——嬉戏的意味。这其中包含着真实和想象，是我们生活中惯常的滋味。童谣亦真亦幻的表现手法与儿童亦真亦幻的思维方式相吻合，真实与幻想的对接正是我所寻找的表达通道。

　　我尊重童谣的描写，在环衬上铺陈了城外菜园的场景，以交待故事发生的环境。扉页上老农的离去，为后来的闹腾埋下伏笔。故事开始，我设计了一个"冲天"的姿态来表现青菜"成精"的过程，这在传统小说里都可以读到，如《水浒传》中"那一声响亮过处，只见一道黑气，从穴里滚将起来，掀塌半个殿角。那道黑气直冲上半天里，空中散作百十道金光，望四面八方去了"。我喜欢这样的描写，读起来痛快淋漓，于是，我把这种感觉画进了作品。

　　童年的我幻想化为一道金光，成为一个绿林好汉，虽然常常被大人们拉回现实，可愿望一直深埋在我的记忆里，在我创作中复苏。沉静无语的蔬菜渐渐在我心中动息有情了——萝卜的婚礼、菜精的对峙、小兵的叫阵，你方唱罢我登场。我用细节的设计推动故事的延展。结尾老农归来，菜精们回到了土地里，恢复成真实的蔬菜。你可发现，此时它们的颜色形状已跟随着时间的变化而渐渐呈现成熟。

这本书整整画了两年，每一页画面的行进都有着多次的反复，为了一个细节，编辑会与我讨论上许久，我很感谢她们。特别感谢的是信谊基金会执行长张杏如女士，没有她的指导和帮助，就没有这本图画书的问世。今天，《一园青菜成了精》终于和孩子见面，愿读到这本图画书的孩子能与我共享儿时的快乐！

画 | 家 | 介 | 绍

　　周翔，1956年生于陕西凤翔，毕业于南京艺术学院。现任《东方娃娃》主编。1992年参加中国现代绘本原画展——社团法人日本国际儿童图书评议会（JBBY）、日中儿童文学美术交流中心、国际儿童读物联盟中国分会（CBBY）等主办。1998年作为江苏省中日儿童文学美术交流协会的理事前往日本进行交流。

　　其创作的绘本《小猫和老虎》1987年获全国儿童美术邀请赛优秀作品奖；《泥阿福》1992年获全国优秀少年儿童读物一等奖；《贝贝流浪记》获国际儿童读物联盟中国分会（CBBY）第一届小松树奖；《小青虫的梦》获1995年五个一工程奖；《当心小妖精》获国际儿童读物联盟中国分会（CBBY）第二届小松树奖。2006年《荷花镇的早市》在日本、中国同时出版。